Zwischen Realität und Traumwelt.

ZWISCHEN
REALITÄT UND
TRAUMWELT.

ERDEM DEMIR

Bibliografische Information der Deutschen Nationalbibliothek:
Die Deutsche Nationalbibliothek verzeichnet diese Publikation in der Deutschen
Nationalbibliografie; detaillierte bibliografische Daten sind im Internet
über dnb.dnb.de abrufbar.

Satz, Herstellung und Verlag: BoD –
Books on Demand, Norderstedt
ISBN: 978-3-7534-6774-0

Zwischen Realität und Traumwelt

Die letzten Nächte waren so schlimm für mich. Mein Verstand grübelt nur rum, bringt mich ständig zum Weinen und mein Herz möchte einfach nur glücklich sein. Wie kann ich mir helfen? Wie kann ich diesen Schmerz verarbeiten? Mein Herz sagte mir:

»Schreib dieses Buch!«

Der Kampf in mir.

Ich bin müde und verletzt. So müde, dass es mir jeden Abend den Schlaf raubt. Du fragst dich wieso? Ich bin müde vom Leben, müde vom Kämpfen, müde vom Ehrlichsein. Ich will vergessen, allen Menschen vergeben, doch an manchen Tagen holt mich meine Vergangenheit ein, weil der Schmerz so tief in mir sitzt. Der Schmerz, der mein Herz zum Pochen bringt, meinen Atem zum Stocken bringt und meine Träume zu Alpträumen macht. An manchen Tagen schmerzt es so höllisch, dass ich einfach nur warte. Warte auf ein Wunder oder einen Anruf von meinem Arzt, der mir sagt, dass ich nur noch wenige Wochen zu leben habe. An manchen Tagen ist mir einfach nicht nach Welt. Ich liege tagelang im Bett, meine Rollladen sind unten, ich bin nicht bereit den Himmel zu sehen, ich bin nicht bereit die Welt zu sehen. An diesen Tagen ist mein Bett mein Schiff. Die Menschen sind die Haie und ich treibe einfach dahin.

Mein Leben war nicht immer so. Es gab Zeiten, da war ich anders. Lebensfroh, stark und voller Energie. Ich tanzte im Regen, tagelang, nächtelang. Wo andere Menschen über den Boden gingen, schwebte ich dahin. Es gab Zeiten, da ich anders war. Keine Müdigkeit nach der Arbeit, kein Blut in den Augen und auch keine schmerzenden Hände, die mir die letzten Nerven aufrieben. Es gab Zeiten, da ich anders war. Ich wartete nicht auf eine Katastrophe, einen Meteoriten, der auf mich schlug, einen Stern, der mir meinen Weg wies. Ich war einfach nur da. Im Hier und Jetzt. Ich genoss jede Sekunde meines Lebens. Ich schätzte mein einziges Leben. Es gab Zeiten, da ich Durchschnitt war. Ich ging morgens zur Arbeit und kehrte abends wieder zurück. Ich machte mir keine Gedanken über all das, was schiefläuft auf dieser Erde. Ich machte mir keine Gedanken darüber, dass viele Menschen in meinem Umfeld unglücklich waren. Ich machte mir keine Gedanken darüber, dass es so viel Hass und Leid überall gab. Für mich gibt es keine Nationalitäten, keinen schwarzen und keinen weißen Menschen. Für mich gibt es nur Liebe. Die Liebe zu Gott und die Liebe zu allen Menschen, denn wir dürfen nicht vergessen: Wir sind alle eins.

Ich bin genug.

Ich frage mich, was ich eigentlich falsch gemacht habe. Warum werde ich ständig ausgelacht und beleidigt? Warum spuckt man auf meine Gefühle und warum bin ich für diese Gesellschaft schwach, wenn ich an manchen Tagen meine Tränen nicht mehr unterdrücken kann? Habe ich dieses Leben verschlafen? Ab wann hat sich alles so verändert? Wann wurde es in der Gesellschaft egal, ob man glücklich ist? Seit wann ist jede Bekanntschaft eine Freundschaft? Habe ich etwas verpasst oder ist es normal, dass es keinen interessiert, ob ich genug für mich selbst bin? Warum fragt man mich, wie es mir geht, wenn man die Tiefe des Schmerzes gar nicht wissen möchte? Warum werde ich ausgeschlossen, weil ich nicht ins Normale passe? Wer definiert das Normale? Bin ich heute nur normal, wenn ich die gleiche Musik höre, die gleiche Kleidung trage, die gleiche Frisur habe? Ich bin alleine, weil ich nicht dazugehören möchte, doch was viel wichtiger ist als die Meinung der anderen, dass ich mich selbst genug liebe. Solange ich nicht glücklich mit mir selbst bin, mich wertlos und einsam fühle, trage ich diese Schwäche nach außen und gebe damit dieser Gesellschaft Futter, mich kleinzuhalten. Ich verliere mich in meinen dunklen Gedanken, in diesen schmerzenden, bösen Gedanken und vergesse für einen kurzen Augenblick, wer ich eigentlich wirklich bin. Also sage ich mir selbst, wie wichtig ich bin. Ich schaue in den Spiegel und weiß genau, wer ich bin. Ich erinnere mich daran, dass nur ich selbst mich heilen kann. Ich bin nicht klein, ich bin würdig und bedeutend. Ich bin ein wichtiger Teil dieses Universums, genau wie jeder andere auch. Ich bin Energie, ich bin Liebe, ich bin ein Mensch. Ich bin genug.

Kennst du deinen Wert? Was macht dich aus?

_____

_____

_____

_____

_____

_____

_____

_____

_____

_____

_____

_____

_____

_____

_____

_____

_____

_____

_____

Die Zeit ist der größte Heiler.

Die Ränder meines Mundes zucken, ich spüre die Tränen, die meine Wangen hinunterfließen, dieser Schmerz in meiner Brust, diese Atemnot. Dieses Stechen in meinem Herzen, all das fühle und spüre ich, wenn die Traurigkeit mein Leben bestimmt. Eigentlich will ich nicht weinen, weil weinen ein Zeichen von Schwäche ist, sagte mir die Gesellschaft. Ist es wirklich so? Diese Frage stelle ich mir jedes Mal, wenn ich meine Emotionen nicht mehr unter Kontrolle habe. Mir fällt es so unglaublich schwer, daran zu glauben, dass eines Tages alles in Ordnung sein wird, dass ich eines Tages mit dieser Leere in mir umgehen kann, die die Abwesenheit von dir mit sich bringt. Doch ich rede mir ein, dass die Zeit alle Wunden heilt. Ich verschnüre und verpacke sie so gut, bis ich nichts mehr spüre. Die Zeit heilt alle Wunden. Es geht vorbei.

Welche Lügen hast du dir gesagt, damit du in einer Beziehung bleibst, die niemals von Dauer sein sollte?

_____

_____

_____

_____

_____

_____

_____

_____

_____

_____

_____

_____

_____

_____

_____

»Ich habe es für unmöglich gehalten, doch heute liebe ich mich selbst und ich habe mich vor diesen negativen Gedanken gerettet.«

»Vielleicht hältst du es für unmöglich, doch wenn du anfängst dich selbst zu lieben, wirst du dich vor diesen negativen Gedanken retten.«

»Menschen haben mich verlassen, mein Herz wurde unzählige Male gebrochen, mein Vertrauen wurde vergewaltigt, auf meine Liebe wurde gespuckt. Heute habe ich eine Mauer um mich gebaut und die Menschen nennen mich arrogant.«

»Kämpfe nicht, wenn er es hätte tun sollen.«

»Deine Sonne wurde dir genommen, gleichzeitig hat
man dir beigebracht im Regen zu tanzen. Jetzt kannst
du nicht mehr aufhören.«

»Er hat dich nicht geliebt, er hat sich an dich gewöhnt.
Er hat dir nicht vertraut, er hat dich kontrolliert.
Er hat dein Herz nicht beschützt, er hat dein Herz ge-
brochen.«

Deine beste Freundin sagt: »Du hast immer noch Hoffnung und träumst von einer gemeinsamen Zukunft mit ihm?«
Dein Herz sagt: »Ich liebe diesen Mann so sehr, ich werde ihn nicht so schnell aufgeben.«

»Das Geheimnis deines glücklichen Lebens: Sei so beschäftigt darin, dein Leben zu lieben, dass du keine Zeit für Negativität, Hass und Arschlöcher hast.«
»Du verlierst keinen Mann. Du verlierst einen Menschen, der immer noch im Krieg mit sich selbst ist.«

»Ein echter Mann trägt seine Frau auf Händen. Ein Waschlappen kann keine Tüte tragen.«

Du bist für immer in meinem Herzen.

Manchmal denke ich an unser erstes Treffen. Ich wusste sofort, dass ich einen unglaublichen Menschen gefunden habe. Seit diesem Moment war alles, was ich jemals wollte, bei dir zu sein. Egal wie dunkel meine Tage waren, egal wie viele Dämonen mich umkreisten, egal wie viele Tränen über meine Wangen flossen, wenn ich nur deinen Namen gehört habe, wenn ich dich nur sehen konnte, wurde mein Tag immer heller. Alle Dämonen lösten sich in Luft auf und mir war klar, dass ich es mit dir richtig mache. Mir war klar, dass ich einen Menschen wie dich niemals wieder treffen würde. Dein Herz ist so rein und so verzeihend, dass es immer der Mittelpunkt meiner Aufmerksamkeit sein wird, egal was in meinem Leben sonst noch vor sich geht, egal wen ich Eintritt in mein Leben gewähre, du bist für immer in meinem Herzen.

»Ehrenmänner behandeln Frauen mit Respekt, während ehrenlose keinen Respekt vor sich selbst haben.«

»Wenn er sich jedes Mal bei dir entschuldigt, ohne eine Veränderung seines Verhaltens, dann kannst du dir sicher sein, dass er dich manipuliert.«

»Manchmal musst du im Leben so stark sein und herzbrechende Entscheidungen treffen, doch sie werden deiner Seele Frieden geben.«

»So groß wie deine Liebe für diesen Mann war, mindestens so groß sollte die Liebe zu dir selbst sein.«

»Bitte halte dich von Menschen fern, denen du nie fehlen wirst.«

»Ich habe dich nicht aufgehalten, ich habe dich aufgegeben.«

Meine Kämpferin ist so perfekt.

Sie ist so perfekt von außen, doch so kaputt von innen. Meine Kämpferin trägt ihre Narben nicht auf der Haut, sie sind im Herzen. Ihr Herz zu entsperren, sie lebendig in die Dunkelheit zu zwingen und auf ihrer Seele zu trampeln, waren deine Lieblingsbeschäftigungen. Es sind nicht das Beziehungsaus und deine Abwesenheit, die so sehr schmerzen, es ist das Fehlen jeglicher Erklärung. Eine Erklärung für deinen Rückzug. Du hast ihr sehr wehgetan, du feiger Mann, und es schmerzt immer noch. Sie erinnert sich täglich daran, die Zeit mit dir, diese wunderschönen Stunden, diese tiefgründigen Gespräche, noch nie zuvor in ihrem Leben hatte sie ein solches Gefühl.

»Es ist hart, jemanden zu vergessen, der deine Seele zum Lächeln gebracht hat, aber es ist noch viel schwieriger, an der Seite eines Menschen zu bleiben, der dich mit seinem giftigen Herzen fast erstickt hat.«

»Einen Menschen zu küssen, den man unbedingt küssen möchte, ist eines der schönsten Gefühle und kann die Welt für diesen Moment anhalten.«

»Weine nicht um jemanden, der dich nicht geliebt hat.«

Welche Lügen hast du dir gesagt, damit du in einer Beziehung bleibst, die niemals von Dauer sein sollte?

_____

_____

_____

_____

_____

_____

_____

_____

_____

_____

_____

_____

_____

_____

_____

_____

Du bist so viel mehr.

Ich muss dir noch etwas sagen, meine Kämpferin: Du bist so viel mehr, als du wahrscheinlich weißt, du bist so viel mehr, als er dir gesagt hat. Für den Fall, dass du es vergessen hast, in dir ruht ein ganz großer Schatz. In dieser psychisch gestörten Beziehung, die du mit ihm geführt hast, hat es immer wieder geheißen »Du bist nichts ohne mich«, »Du kannst nichts ohne mich«, »Deinetwegen ist die Beziehung in die Brüche gegangen«. Diese Aussagen machen dich bis heute so unendlich traurig. Diese Traurigkeit, diese tiefen Wunden in dir werden erst heilen, wenn du dich Stück für Stück von diesen Gedanken löst. Gedanken, die dich kleinhalten, Gedanken, die dich vergessen lassen, wie stolz du auf dich sein kannst, ja erst wenn du verstehst, dass diese Aussage »Du bist nichts ohne mich« gar nichts mit dir zu tun hat, sondern ein Schrei der Hilflosigkeit deines Ex-Partners war, wirst du dich selbst finden und wieder heilen. Mit diesem Buch möchte ich dich ermuntern, dass du stolz auf dich sein kannst. Alles, was du im Leben geleistet hast, ist von großer Bedeutung und sollte wertgeschätzt werden. Kümmere dich um dich selbst, tue Sachen, die dir Spaß machen, triff dich mit Menschen, die deinen Wert schätzen, und lass alles Negative hinter dir. Halte dich fern von giftigen Menschen, halte dich fern von Menschen, die Zucker auf der Zunge und Gift im Herzen haben. Sei kindisch, tanze im Regen, sei albern und tue das, was du schon immer mal tun wolltest.

»Meine Kämpferin ist sensibel genug, um zu fühlen,
und intelligent genug, um zu verstehen.«

»Wenn er zurückkommt, darfst du nicht vergessen,
wie du kaputtgegangen bist, als er mit einem Lächeln
gegangen ist.«

»Ich sah einen Post, in dem stand: ›Ich war monate-
lang nicht ich selbst und niemand hat es bemerkt.‹
Diesen Post habe ich gefühlt.«

Wie hast du mit deinen Freundinnen über die Beziehung geredet?

Bist du dir dessen bewusst, dass du wunderschön und absolut liebenswert bist, so wie du bist?

ja	nein

Wenn du diese Frage mit Nein beantwortet hast, schreibe hier die Gründe auf.

_____

_____

_____

_____

_____

_____

_____

_____

_____

_____

_____

Ich. Mein Zuhause. Mein innerer Frieden.

Ich habe mein Zuhause gefunden, weil ich es besser machen wollte. Ich möchte meine eigene Welt erschaffen und nicht mit euch in einem Teich schwimmen. Ich entscheide, wo mein Zuhause ist, und ich entscheide, wie mein Zuhause sein soll. Ich habe mein Zuhause gefunden, weil ich aufgehört habe es bei anderen Menschen zu suchen, in der Liebe, bei allen Freundschaften und Bekanntschaften. Ich habe mein Zuhause gefunden, weil ich keinen Wert mehr darauf lege, was andere über mich denken. Ich habe mein Zuhause gefunden, weil ich auseinandergebrochen bin und mich selbst wieder zusammengesetzt habe. Ich habe mein Zuhause gefunden, weil ich verstanden habe, dass ich ein wundervoller, liebenswerter Mensch bin, genau wie der, der ich in einer Beziehung war. Ich habe mein Zuhause gefunden, weil ich verstanden habe, dass ich nicht weniger wert bin, nur weil ich verlassen wurde. Ich habe mein Zuhause gefunden,

weil ich mich bewusst im Spiegel anschauen kann.
Ich bin einzigartig, mit meinen Speckröllchen, meinen
Falten, und mir ist bewusst, dass ich einzigartig bin.
Niemand auf dieser Welt ist so, wie ich es bin. Ich habe
mein Zuhause gefunden, weil ich keinen Menschen
an meiner Seite brauche, um glücklich zu sein. Ich bin
in der Lage, mich selbst auszuführen. Ich bin in der
Lage, alleine in eine Bar, in ein Restaurant oder ins
Schwimmbad zu gehen. Ich habe mein Zuhause gefunden, weil ich glücklich und zufrieden mit mir selbst
bin. Ich habe mein Zuhause gefunden, weil ich alleine
sein kann. Ich gebe mir und meinem Partner mehr
Freiheit und bin weniger eifersüchtig, weil ich meinen
Wert kenne. Ich bin heute in der Lage, jemand anders
zu lieben, weil ich mit mir selbst im Reinen bin. Ich
akzeptiere mich und liebe mich selbst. Ich habe mein
Zuhause gefunden, weil ich verstanden habe, dass es
nicht darum geht, irgendwen zu lieben, sondern darum, erst einmal, mich selbst kennenzulernen, mich
selbst zu lieben und meinen Wert zu kennen. Ich habe
mein Zuhause gefunden, weil ich heute weiß, was ich

im Leben möchte. Ich entschuldige mich nicht ständig für mein Verhalten und versuche es auch nicht jedem Menschen recht zu machen. Ich bin ich, ich bin einzig-artig, ich bin wundervoll und ich liebe mich selbst.

Ich habe mich in den wundervollsten Menschen der Welt verliebt – MICH SELBST!

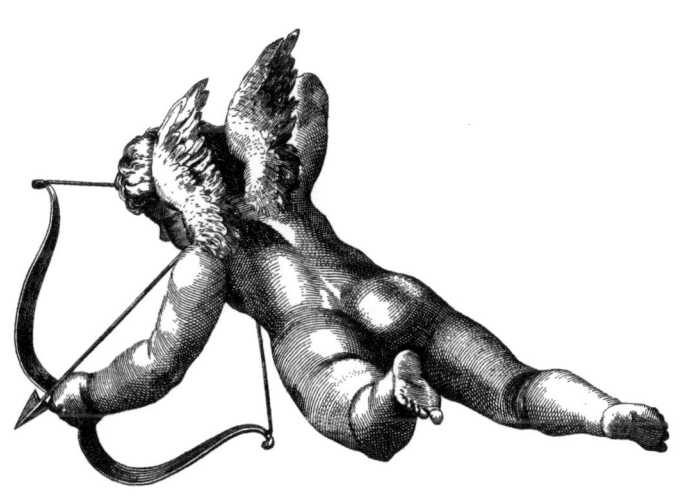

Kannst du alleine sein, wenn nein, warum nicht?

_____

_____

_____

_____

_____

_____

_____

_____

_____

_____

_____

_____

_____

_____

_____

_____

Was liebst du an dir?

»Während einer Trennung spüren wir den Herzschmerz. Wir denken an die vergangene Zeit mit dem
Menschen, den wir so sehr lieben und noch schlimmer:
Wir müssen uns von einem Lebensplan und von einer
Liebe verabschieden, an die wir geglaubt haben, dass
sie für ewig hält. Trotzdem kann eine Trennung oftmals eine Erleichterung sein.«

Tust du etwas gegen diesen Herzschmerz?

_____

_____

_____

_____

_____

_____

_____

Hat sich dein Leben seit deiner letzten schmerzhaften Trennung positiv verändert?

_____

_____

_____

_____

_____

_____

_____

_____

_____

_____

_____

_____

_____

_____

_____

_____

»Die beste Lektion, die ich vom Leben jemals erteilt bekommen habe, ist die Verwirklichung der Selbstliebe und dass das Alleinsein die wertvollste Lektion der Welt ist.«

»Du bist ein guter Mensch und du möchtest nicht, dass andere das fühlen, was du gefühlt hast. Du möchtest keine Rache, du möchtest Frieden.«

»Verändere dein Umfeld, so wirst du dein Leben verändern.«

Gescheiterte Beziehungen.

Menschen kommen in dein Leben und gehen wieder aus deinem Leben. Das verstehen wir beide. Tief im Inneren wussten wir, dass wir von Anfang an zum Scheitern verurteilt sind und doch möchten wir, dass die Dinge, die Bekanntschaften, die Beziehungen funktionieren. Wir wussten, dass das, was wir hatten, vorübergehend war und das tut am meisten weh. Wir haben lange Zeit versucht, das unerträgliche Miteinander schönzureden. Während wir auf einen Konfettiregen, auf einen Sonnenuntergang und auf ein Happy End warteten, endete unsere Illusion mit einem Beziehungsaus. Nach einer Trennung sollten wir uns vor Augen halten, dass unser Partner schlichtweg nicht zu uns gepasst hat. Womöglich bist du auch große Kompromisse in der Beziehung eingegangen, hast es schlichtweg verdrängt, dass die Differenzen zwischen deinem Partner und dir von Anfang an zu groß waren. Manchmal sind Beziehungen von Anfang an wie

Schokolade und Essiggurken. Sie passen einfach nicht zusammen. Leider sind wir oftmals emotional abhängig und suchen Anerkennung, Glück und Erfüllung von unserem Partner. Wir lassen uns auf Menschen ein, nur um nicht alleine zu sein, obwohl er nicht zu uns passt, doch genau das führt zu ungesunden Beziehungen und Trennungen. Das Leben ist in jeder Hinsicht ein Wandel, ein Wachstum, eine Veränderung und eine Entwicklung. Wir sollten uns vor Augen halten, dass wir uns viel zu oft für andere aufgeopfert haben. Heute müssen wir auf unsere eigenen Bedürfnisse und Wünsche eingehen.

Welche Bedürfnisse und Wünsche hast du?

Wir wissen, dass uns die vergangene Beziehung unsere innere Freiheit genommen hat. Wir wollen glücklich sein und müssen lernen loszulassen, lernen uns von Menschen zu lösen.

Was möchtest du loslassen? Von wem möchtest du dich lösen?

»Ich habe versucht Teile von dir zu retten, die du schon lange aufgegeben hast. Ich habe versucht, dir das Vertrauen zu geben, das du brauchst, um dein eigener Held zu sein. Für viele Dinge tut es mir leid, aber ich entschuldige mich niemals für dir Fürsorge, die ich dir gegeben habe.«

»Die Art, wie du gegangen bist, hat viele Fragen in meinem Kopf unbeantwortet gelassen. Du hast kein Wort gesagt und du hast mir das Gefühl gegeben, dass ich dir überhaupt nichts bedeutet habe.«

»Es sind unsere Egos, die uns so sehr zerstören. Der Mann tut so, als wäre sie ihm egal, und die Frau tut so, als würde sie ihn nicht vermissen.«

»Du musst dich selbst mehr lieben als die Menschen,
die behaupten, sich selbst über alles zu lieben.«

»Lass ihn gehen und behalte dich.«

»Meine Kämpferin, er ist viel zu schwach, um dich zu
lieben, und er ist nicht stark genug, um dich zu
brechen.«

»Sie vermisst dich, wollte dich aber niemals zurück.«

»Meine Kämpferin hat ihr Lächeln nie verloren, obwohl sie so oft im Stich gelassen wurde, unzählige Male enttäuscht wurde und viel zu oft weinend zusammengebrochen ist.«

»Ich habe angefangen dir zu vertrauen. Es hat mir Angst gemacht, weil ich dir jeden Tag neue Möglichkeiten gegeben habe, mich zu verletzen. Seltsam und verletzend ist, dass ich glaube, dass du mir nie vertraut hast und mich nie vermisst.«

»Küssen ist die Sprache der Liebe, wie wäre es also mit einem Gespräch?«

»Weine um alles, aber lass dich von nichts kaputt machen.«

»Hör auf, auf Nachrichten und Anrufe von ihm zu warten, wenn er sich damit abgefunden hat, dich verloren zu haben.«

»Viele Menschen gehen Beziehungen ein, weil der Partner gut für ihr Ego ist. Viele Menschen gehen Beziehungen ein, weil der Partner ihnen ein besseres Gefühl für ihr elendes Leben gibt. Viele Menschen gehen Beziehungen ein, weil sie einfach nicht alleine sein wollen, und reden dann von der großen Liebe, aber man zerstört nicht den Menschen, den man liebt.«

Das Gespräch mit der besten Freundin.

Beste Freundin kommt in das Zimmer. »Hallo, Schatz.«
»Hallo, mein Engel«, erwidert Vanessa.
»Schatz, deine gute Laune ist so ansteckend, wie machst du das? Wie kannst du so glücklich sein? Du bist jetzt 30 Jahre alt, wolltest mit 30 schon zwei Kinder haben und verheiratet sein, aber du wurdest immer wieder enttäuscht, trotzdem stehst du jeden Morgen mit einem Lächeln auf und genießt dein Leben«, fragt Anna.

Vanessa: »Ich liebe mich und ich liebe mein Leben. Ja, das stimmt, es ist mein Traum, eine eigene Familie zu gründen, aber ich lasse mich niemals runterziehen, nur weil die Menschen da draußen nicht fähig sind, ernsthafte Beziehungen zu führen. Ich bin nur eine Frau, in mir herrschen Chaos und Schmerz, aber genau das ist doch der Beweis, wie stark ich als Person bin. Obwohl ich mit 30 diesen Traum noch nicht verwirklicht habe, werde ich lächeln bis zum letzten Atemzug.«

Fühlst du dich schwach als Mensch?

»Liebe ist die Art von Glück, die dich mit so viel Wärme
erfüllt, dass du lernst, wieder zu leben.«

»Meine Kämpferin war eine Rose in den Händen derer,
die nicht mit Dornen umgehen konnten.«

»Es kotzt mich so an, dass ich mich jeden Tag beschäf-
tigen muss, damit ich mich in Ordnung fühle.«

»Liebe ist das, was dich zum Lächeln bringt, wenn du müde bist.«

»Ich habe dich nicht gehasst, ich konnte dir nur nie sagen, wie sehr ich dich liebe, weil du nie mit der Wahrheit umgehen konntest.«

»Du bist der erste Mann, mit dem sie reden möchte, wenn sie morgens aufwacht, und du bist der letzte Mann, den sie sehen möchte, bevor sie einschläft, aber du hast es nicht zu schätzen gewusst.«

Wie ich dich in meinem Leben gebraucht habe.

Kannst du dir vorstellen, wie ich dich im Leben gebraucht habe? Welchen Stellenwert du für mich hattest? Weißt du, wie sehr eine Wüste nach Wasser fleht? So sehr flehe ich um deine Liebe. Weißt du, wie Wellen die Ozeane brauchen? So sehr brauche ich dich in meinem Leben. Weißt du, wie Alpträume die Angst benötigen, um noch stärker zu werden? So sehr habe ich dich gebraucht, um stark zu sein. Es ist nicht einfach ohne dich und es ist auch nicht angenehm, doch ich habe realisiert, dass ich für dich nie existiert habe.

»Ich weiß nicht, wie es dir geht, aber ich habe noch nie eine starke Person kennengelernt, die eine einfache Vergangenheit hatte.«

»Wenn du anfängst auf dich aufzupassen, dich zu schätzen und gut mit dir umgehst, wirst du dich besser fühlen und du wirst besser aussehen. Alles fängt bei dir an.«

»Manchmal brauchen Herzen mehr Zeit, um zu akzeptieren, was der Verstand bereits weiß.«

Eine Kämpferin. Eine Wölfin.
Eine starke Frau.

Sie. Ja, dieser Text geht an sie. Eine Kämpferin. Eine Wölfin. Eine starke Frau. Eine starke Persönlichkeit. Sie hatte es nicht einfach im Leben. Erst war es die Familie, dann kamen die blöden Lehrer und die falschen Freunde, die ihr das Leben zur Hölle machten. Zu guter Letzt kamen die Männer. Die Männer, die nur das eine wollten. Die Männer, die alles zu ihren Vorteilen nutzten. Aber ist es wirklich so negativ, seine sexuellen Bedürfnisse in den Vordergrund zu stellen? Ein Sprichwort besagt: »Appetit holen darf man, gegessen wird zu Hause.« *Und genau das ist der Punkt. Es gibt einen Unterschied, ob man einen Menschen sieht und sich denkt:* »Die ist ja mal scharf«, *oder ob man es so weit treibt, dass man sich diesen Menschen nackt vorstellt und in den Gedanken mit diesem Menschen im Bett liegt. Kommen wir zurück zu der starken Frau. Sie hat leider nur die Männer kennengelernt, die ihr die Klamotten nur mit den Blicken ausgezogen* haben. Männer, die eine Beziehung mit ihr führten, gleichzeitig mit mehreren Frauen »Spaß hatten«. Die Frau, die sich nichts sehnsüchtiger wünscht, endlich diesen einen Mann zu finden und ihre eigene Familie zu gründen. Die Erziehung, die sie erleben durfte, war nicht besonders schön. Mittlerweile dankt sie ihrer Familie. Sie ist dankbar, dass sie keine schöne Erziehung erleben durfte, weil sie jetzt genau weiß, was sie ihren eigenen Kindern nicht antun wird. Sie wird ihren Mädchen begreiflich machen, dass Frauen nicht weniger wert sind, als »die Männer«. Die meisten Menschen sehen diese Frau. Sie sehen, wie sie lächelt. Sie sehen eine glückliche, selbstbewusste Frau. Die meisten Leute können sich kaum vorstellen, was sie im Leben durchgemacht hat. Glaube mir, sie hat viel durchgemacht. All die Schmerzen, die sie im Herzen trägt. All die Narben, die sie auf der Seele mitschleppt, haben sie verändert. Diese Frau hat sich verwandelt. Sie hat sich in einen Menschen verwandelt, der sie eigentlich nie sein wollte. Eine Frau voller Narben. Eine Frau, die gelernt hat ihre Gefühle abzustellen. Eine Frau, die *keine andere Wahl hatte, als sich zu lieben. Sie möchte nicht mehr leiden und sie möchte auch nicht, dass sie andere leiden sehen. Aus Schmerz wurde Wut, aus Wut wurde Antrieb. Antrieb weiterzuleben. Weiter zu hoffen. Weiter zu lachen. Weiter zu lieben.*

Welches Ereignis in deinem Leben hat dich zu einer Kämpferin gemacht?

Gibt es Fragen, die du so gerne einem Mann stellen würdest? Welche Fragen wären das?

Antwort gesucht.

Ich habe nach einer Antwort gesucht, bei den Menschen, die mich nicht geliebt haben. Ich habe nach einer Antwort gesucht, bei den Augen, die mein Gesicht nie widergespiegelt haben. Ich habe eine Ewigkeit gesucht und fand nur ein »Was wäre wenn«. Ich habe die Liebe in einem unsicheren Hafen gesucht und fand dort nur Hoffnungslosigkeit, Einsamkeit, Tränen und Herzschmerz. Ich habe nach den Worten »Ich liebe dich« gesucht und bekam als Antwort ein »Ich liebe dich nicht«. Ich habe mir so sehr gewünscht, dass du für immer bei mir bleibst, doch ich musste lernen, bei mir selbst zu bleiben. Ich habe nach gemeinsamen, hoffnungsvollen Morgenstunden gesucht, bekam dafür hoffnungslose, einsame und herzzerreißende Stunden.

»Er wollte nur den Regen, aber du warst ein Sturm
für ihn.«

»Was dich kaputt macht, baut gleichzeitig
deine Krone auf.«

»Meine Antidepressiva?
– Deine Umarmung.
– Deine Liebe.
– Dein Kuss.
– Deine Anwesenheit.
– Dein Lächeln.«

Danke.

Ich danke dir, dass du mir gezeigt hast, dass ein un-glaublicher Mensch in mein Leben eingedrungen ist und es auf eine Weise zerstört hat. Ich danke dir, dass du mich ständig angelogen hast, jetzt spüre ich die Kraft der Wahrheit. Ich danke dir, dass du mich verlas-sen hast, du hast mir Raum für Neues gegeben.

Ich danke dir, dass du mir gezeigt hast, wie schnell ein Traum zum Alptraum werden kann. Ich danke dir, dass du an meinen dunkelsten Tagen nicht mein Sonnen-schein sein wolltest. Ich danke dir so sehr, dass du mich so verletzt hast. Du hast mich gelehrt, im Schmerz zu wachsen. Vielen Dank, dass ich feststellen durfte, wie aus Zungen ganz schnell Schlangen werden können. Danke, dass du mir beigebracht hast, dass Engel nicht in menschlicher Form existieren können. Vielen Dank, dass ich dich kennenlernen durfte, denn jetzt weiß ich, dass ich Menschen wie dich nie wieder kennenlernen möchte. Ich danke dir, dass du nie an mich geglaubt hast, du hast mir zugemutet, Berge zu versetzen. Danke, dass du mich auf eine eklige Art missbraucht hast, du hast mich wachsam werden lassen. Vielen Dank, dass ich mein Leben weiterführen kann. Größer, stärker und besser. Danke, dass du meinen Frieden genommen hast, jetzt trete ich noch stärker dafür ein. Danke, dass ich mich für eine kurze Zeit in einer Lüge glücklich gefühlt habe. Vielen Dank, dass du mein Herz gebrochen hast und meine Augen geöffnet hast, denn so wie du möchte ich niemals sein. Ich wünsche dir nur das Beste.

Wofür möchtest du dich bedanken?

Eines Tages.

Eines Tages wird alles Sinn machen, warum dir die Dinge im Leben passiert sind. Eines Tages wirst du all die Herzensbrüche, die Wut, die Tränen, die nächtelang dein Kissen durchnässt haben, verstehen. Eines Tages wirst du akzeptieren, dass dich die wahre Liebe niemals verletzen wird. Eines Tages wirst du verstehen, dass die wahre Liebe dir ein Lächeln ins Gesicht zaubert und keine Tränen verursacht. Eines Tages wirst du fühlen, dass wahre Liebe dein Herz mit Glück erfüllt, sodass es keinen Platz für Schmerz gibt. Eines Tages wird dieser eine Mensch deine Hand halten, statt dich wegzufegen. Eines Tages wird alles Sinn machen. Bis dahin musst du lächelnd deinen Weg gehen, all die Verwirrung und die Tränen überstehen. Alles hat einen Grund.

»Du verdienst einen Menschen, der dich aufblühen lässt.«

*»Du verdienst einen Menschen, der dir beibringt,
sich selbst zu lieben.«*

»Du verdienst einen Menschen, der dich respektiert.«

*»Deine Lebenszeit genügt nicht, um in Worte zu
fassen, wie viel er dir bedeutet.«*

Selbsterkenntnis: Welchen Menschen verdienst du?
Wie stellst du dir diesen einen Menschen vor?

_____

_____

_____

_____

_____

_____

_____

_____

_____

_____

_____

_____

_____

_____

_____

Wenn du jemanden liebst.

Wenn du jemanden liebst, übernimmst du die Verantwortung, diesen Menschen so glücklich wie möglich zu machen. Wenn du jemanden liebst, vertraust du ihm und erwartest, dass er es nicht kaputt macht. Wenn du jemanden liebst, nimmst du ihn mit in deinen Tagesablauf, in deine Routine, in dein Abenteuer, in deine Hoffnungen für die Zukunft und in deine Träume. Wenn du jemanden liebst, sagst du jeden Tag, wie wunderschön dieser Mensch ist. Wenn du jemanden liebst, behandelst du ihn nicht wie Scheiße. Wenn du jemanden liebst, ziehst du alle deine Mauern ab und zeigst ihm deine Schwachstellen. Wenn du jemanden liebst, gibst du ihm einen großen Teil von dir.

Wie behandelst du einen Menschen, den du liebst?

_____

_____

_____

_____

_____

_____

_____

_____

_____

_____

_____

_____

_____

_____

_____

_____

»HIV ist eine schlimme und ansteckende Krankheit. Genauso schlimm und ansteckend ist es, wenn du mit giftigen Menschen zusammen bist. Mit Narzissten, mit Arschlöchern, mit Soziopathen. Achte darauf, welche Menschen in deinem Umfeld sind.«

»Vielleicht wurde ich in der falschen Generation geboren oder vielleicht können andere Leute die Liebe nicht so verstehen, wie ich es tue.«

»Liebe ist, wenn alles weh tut, nichts okay ist, du aber immer und immer wieder die gleiche Person zurückwillst.«

»Meine Kämpferin ist ein Engel, nicht weil sie perfekt ist oder fliegen kann. Meine Kämpferin ist gefallen, aufgestanden und wieder geflogen.«

»Jeder von uns hat mal einen Menschen geliebt, der uns aber nie geliebt hat.«

Drei Wünsche von der Frau, die dich immer noch liebt.

Hätte ich einen Wunsch frei, wäre dieser, die Zeit zurückzudrehen zu dem Punkt, als ich dich das erste Mal sah. Ich würde einfach zu dir laufen, dich umarmen und nie wieder loslassen. Hätte ich einen Wunsch frei, wäre dieser, dich glücklich zu machen, denn das kann ich momentan nicht mehr. Mein Herz blutet, doch sind wir beide unseren Weg gegangen. Leider nicht in einem Wir, sondern in Du und Ich. Hätte ich einen Wunsch frei, wäre dieser noch in diesem Leben deine Frau zu werden, mich deins zu nennen und du wärst meins, irgendwann, nein, ein Wir sollte es sein. Da es leider nur ein Wunsch ist, der vielleicht ein Leben lang nicht in Erfüllung gehen wird, werde ich von diesen drei Wünschen weiter träumen, mit der Hoffnung, dass es eines Tages zur Realität wird.

Hast du Wünsche? Wenn ja, welche?

»Alle sagen: ›Sei doch glücklich‹, doch wie soll ich glücklich sein, wenn du nicht bei mir bist.«

»Für mich war dein Lächeln bunter als der Frühling.«

»Es war so einfach, dich zu lieben, aber es ist so schwer, dich zu vergessen.«

»Ich wollte nicht, dass deine Liebe zu mir groß ist. Ich wollte, dass du mich für immer liebst.«

»Die Frau, die die Sonne verdient, hat es satt, ständig den Regen zu spüren. Eines Tages wird sie es sattha- ben, dich zu lieben.«

»Diese Generation ist voll mit Liebenden, doch sie wer- den niemals die wahre Bedeutung der Liebe erfahren.«

»Der Tag wird kommen, an dem du sie vermissen wirst. Du wirst an deiner eigenen Dunkelheit ersticken und vergeblich nach ihrem Licht suchen. Es werden Nächte kommen, in denen dir der Schlaf entgehen wird und dein Verstand wird daran denken, was du verloren hast.«

*»Wenn die Nächte so lang wären, wie ich an dich ge-
dacht habe, dann würde es nie wieder einen Morgen
geben.«*

*»Vielleicht wolltest du mich nie verstehen und viel-
leicht hast du die dunkle Seite an mir nie verstanden,
aber ich hätte dich niemals aufgegeben. Auch an
meinen dunkelsten Tagen hätte ich dich niemals im
Stich gelassen, niemals hätte ich dich verlassen und
ich glaube, das ist der Grund, warum der Schmerz so
tief in meinem Herzen sitzt.«*

*»Dank dir fühle ich mich an manchen Tagen wie ein
Leichensarg. Schön von außen, tot von innen.«*

»Mein größter Fehler: Ich habe mich selbst betrogen und verletzt, dafür, dass du glücklich und zufrieden warst.«

»Warum solltest du traurig sein?
Du hast jemanden verloren, der dich nicht geliebt hat, aber er hat jemanden verloren, der ihn geliebt hat.«
»Den Satz ›Schon okay‹ konnte ich bei dir nie oft genug verwenden. Zwei Wörter, die eigentlich eine andere Bedeutung hatten.«

Partnerwahl.

Wenn du einen Partner möchtest, dann achte darauf, dass er gut zu dir ist. Er soll gut für dich sein und nicht gut für dein Image. Nicht gut für dein Bankkonto und nicht gut für deine Eltern. Dein Partner soll dich emotional erfüllen, er soll dich glücklich machen, jede Sekunde und er soll deinen Wert schätzen. Dein Partner soll glücklich sein, wenn du es bist. Er soll mit dir tanzen, auch wenn er es nicht mag, er soll dir von seinen Sorgen erzählen und er soll zu dir stehen, wenn du eine schlimme Zeit durchmachst. Dein Partner soll rücksichtsvoll sein, er soll morgens leise sein, wenn du noch am Schlafen bist.

Wie stellst du dir deinen Traumpartner vor?

_____

_____

_____

_____

_____

_____

_____

_____

_____

_____

_____

_____

_____

_____

_____

_____

_____

Wie verhältst du dich, wenn du in einem Unternehmen deiner Wahl einen befristeten Vertrag hast?

_____

_____

_____

_____

_____

_____

_____

_____

_____

_____

_____

_____

_____

_____

»Deine Lebenszeit ist begrenzt, vergiss das nicht. Verschwende nicht dein Leben damit, giftigen Menschen deine Aufmerksamkeit, deine Energie und ein Teil deines Lebens zu schenken. Lass Menschen schlecht über dich reden, lass über dich urteilen, aber lass es niemals zu, deinen inneren Frieden zu stören.«

Das Kennenlernen heute:

- *nach rechts geswypt*
- *geaddet*
- *wochenlanges Hin-und-her-Schreiben*
- *getroffen*
- *gefickt*
- *weggeschmissen*
- *vergessen*

Wie möchtest du einen Menschen kennenlernen?

Wenn ich dich kennenlernen möchte.

Wenn ich mit dir ausgehe, dann möchte ich alles über dich wissen. Ich möchte mich mit der Zeit befassen, als du noch deinen Daumen gelutscht hast, damit ich deinen Schmerz und all die Narben verstehe. Ich möchte auch wissen, was deine Lieblingsfarbe ist, dein Lieblingsessen und deinen zweiten Vornamen wissen. Erzähl mir über deine Kindheit, wie war es im Kindergarten? Wie war es in der Grundschule? Hattest du Freunde? Wurdest du gemobbt? Erzähl mir etwas über deine Eltern. Wie war dein Vater zu dir? Wie war deine Mutter? Hast du Geschwister? Erzähl mir von der Zeit, als du das Fahrradfahren gelernt hast. Erzähl mir mehr über deine Kindheitsträume und auch die Alpträume, die dich heute noch begleiten. Erzähl mir mehr über deine erste große Liebe. Warum hat die Beziehung nicht funktioniert? Wie ist er mit dir umgegangen? Erzähl mir mehr über deine Ängste, deine Gedanken, die dir jeden Tag durch den Kopf schießen. Hast du

Geheimnisse? Hast du auch eine innere Stimme in deinem Kopf, die dir sagt, dass du nicht gut genug bist? Warum zweifelst du an dir? Warum liebst du deinen Körper nicht? Warum willst du, dass dir die Männer hinterherschauen? Erzähl mir mehr über deinen inneren Kritiker, die Kämpfe, mit denen du dich befasst hast. Fühlst du dich manchmal auch alleine? Erzähl mir über die Narbe an deinem Arm. Ich will alles wissen und will mich nicht mit weniger zufriedengeben. Bevor ich deinen Körper nackt sehe, möchte ich dich kennen. Nennt es langweilig, doch wünschte ich, die Dinge wären heute so. Ich mag die Kennenlernphase heute absolut nicht. Alles dreht sich nur um Sex, Likes und Follower, doch keiner hat ehrliches Interesse an den Menschen. Jeder steckt in einer Art Beziehung, ohne den Menschen wirklich zu kennen. Ich möchte kein Teil dieser Gesellschaft sein.

Eine ganze Weile.

Ich habe eine ganze Weile gebraucht, um herauszufinden, dass die andere Seite der Wahrheit nicht so
schön ist, wie es scheint. Ich habe eine ganze Weile
gebraucht, um herauszufinden, dass sich hinter deiner Schönheit ein hässlicher Charakter verbirgt. Ich
habe eine ganze Weile gebraucht, um herauszufinden,
dass die Worte »Ich liebe dich« keine Bedeutung für
dich hatten. Ich habe eine ganze Weile gebraucht, um
herauszufinden, dass du nicht in mein ehrliches und
friedliches Leben gepasst hast. Ich habe eine ganze
Weile gebraucht, um herauszufinden, dass deine
Zunge schnell zur Schlange wurde. Ich habe eine
lange Zeit gebraucht, um zu akzeptieren, dass du nur
Stress und Chaos in mein ruhiges, friedliches Leben gebracht hast. Ich habe eine ganze Weile gebraucht, um
zu akzeptieren, dass du mir so viel kostbare Lebenszeit
und Energie gestohlen hast. Jetzt, wo ich am Abgrund
stehe, wird mir bewusst, dass ich nicht dich, sondern

die Maske, die du mir in den ersten Wochen präsentiert hast, geliebt habe. Erst jetzt wird mir bewusst, dass sich hinter dieser Maske ein dreckiger, verlogener Mensch verbirgt. Du bist eine wunderschöne Hülle, mit einem widerlichen Kern und ich freue mich auf den Tag, an dem das letzte Stück meines kaputten Herzens endlich wieder Frieden findet. Jeder soll das bekommen, was er verdient und ich freue mich, wenn Karma zurückschlägt und ich die Show in vollen Zügen genießen kann.

Ich bin nur ein Mensch.

Verdammt, ich bin auch nur ein Mensch. Ich bin ein Mensch aus Fleisch und Blut, genau wie du. Ich bin ein Mensch mit einem großen Herzen und einem Verstand, genau wie du. Ich bin ein Mensch mit Gefühlen und Emotionen, genau wie du. Ich bin ein Mensch, der eine Vergangenheit hat und viel Schmerz in der Seele trägt. Ich bin ein Mensch, der dich nicht anlügen wird. Ich sage nicht, dass ich aus meiner Vergangenheit alles gelernt habe und keine Enttäuschungen und Schmerzen mehr an mich ranlasse. Menschen enttäuschen mich heute noch, Menschen belügen mich, Menschen spucken auf meine Gefühle und Menschen verletzen mich. Ja, ich bin immer noch ein Mensch und daran soll sich auch nichts ändern.

Meine Ehrlichkeit.

Wenn du glaubst, ich habe dir ständig die Wahrheit gesagt, dann muss ich dich leider enttäuschen. Ich habe gelogen, ständig gelogen und gesagt, ich sei zu beschäftigt, zu beschäftigt für andere Dinge in meinem Leben, für Dinge, die die meisten Menschen nicht verstehen, für Dinge, die für mich noch wichtiger waren, als du es warst. Ich war beschäftigt damit, tiefer zu atmen, die Tränen in meinem Gesicht abzuwischen, kranke und negative Gedanken zum Schweigen zu bringen. Ich war damit beschäftigt, mein rasendes Herz zu beruhigen, meine Wut unter Kontrolle zu bekommen. Ich war damit beschäftigt, den Sinn meines Lebens zu suchen, mein Handy wegzulegen und einfach nur zu sein. Ich war beschäftigt damit, meinen Herzschlag zu spüren, meinen Atem zu hören, mich zu spüren und am Ende war ich beschäftigt damit, mir zu sagen, dass es mir gut geht.

Wie wichtig bist du dir selbst und was tust du für dich?

_____

_____

_____

_____

_____

_____

_____

_____

_____

_____

_____

_____

_____

_____

_____

_____

Beziehungsunfähig.

In der heutigen Gesellschaft scheitern viele Beziehungen, weil viele Menschen den Sinn des Lebens in der Partnerschaft suchen. An erster Stelle muss man mit sich selbst und der eigenen Lebensführung auskommen, das heißt gut mit seinem eigenen Körper, gut mit seinen Fähigkeiten und Talenten, gut mit seinem Lebenssinn und gut mit seinen Zielen und Träumen auskommen. Die meisten Menschen in unserer Gesellschaft sind nicht im Reinen mit sich selbst. Sie haben Defizite in Bezug auf ihren Körper, ihren Lebenssinn, ihren Job, ihre Zeit für sich selbst, ihre Gesundheit und ihre Lebensfreude. Anstelle diese Probleme anzugehen, wird Alkohol konsumiert bis zum Umfallen. Es wird gefeiert, bis die Sonne wieder aufgeht, Drogen werden konsumiert, das Leben wird betäubt und dann fragen sich viele, warum sie unglücklich sind. Willkommen im Leben.

Ist die Gesellschaft beziehungsunfähiger geworden? Wenn ja, warum?

Kommunikation.

Ich glaube, das größte Problem in vielen Beziehungen ist die Kommunikation. Wenn du verärgert bist, drücke es aus, wenn du zu spät kommst, lass es deinen Partner wissen. Wenn du etwas nicht tun möchtest, keine Lust auf ein Date hast, dann sei direkt. Es ist besser, direkt zu sein, als mit schlechter Laune ein Date zu führen. Wenn du dir nicht sicher bist, frage nach. Sei kein Besserwisser. Wenn du keine Beziehung willst, rede offen und ehrlich. Spiele mit keinem Menschen, denn jeder Mensch ist etwas Besonderes. Es ist alles so einfach, aber so wichtig.

Warum ist die Kommunikation so wichtig?

_____

_____

_____

_____

_____

_____

_____

_____

_____

_____

_____

_____

_____

_____

_____

_____

_____

_____

Verstehe mich.

Wenn du mich kennenlernen möchtest, musst du mich, meine Texte, meine Liebe, meine Wut, meinen Hass und meine Musik verstehen. Du musst mutig sein, um meine Seele betreten zu können. Sie ist tief, so verdammt tief, dass du Angst haben wirst, sie zu betreten. Du wirst Angst haben, hineinzufallen und nie wieder rauszukommen. Meine Musik ist so bitter, meine Texte so dunkel, meine Melodie so traurig. Du wirst meine Tiefen nicht verstehen, die seltsame Seite meiner Tiefe, die harte und verrückte Seite. Du wirst all das nicht verstehen, wenn du meine Texte nicht verstehst. Du musst gut zu hören, die schwer zu hörende Stimme, das leise Geschrei, die fließenden Tränen. Diese schwer zu verstehenden Texte, das komplizierte Musikinstrument, diese unwiderstehliche Melodie. Du musst all das verstehen, denn all diese verschiedenen Merkmale stellen genau die Art dar, wie ich geschaffen wurde, um in diesem Leben zu sein. Spirituell, anders und jenseitig.

Hoffnung.

Es ist früh am Morgen. Ich stehe auf, wasche mein Gesicht und plötzlich fließt eine Träne meine Wange hinunter. Plötzlich habe ich das Gefühl, dass ich nichts wert bin, deshalb stelle ich meinen Wert in Frage. Ich versinke im Selbstmitleid und suche die Erlösung. Ich will mich befreien von den Lasten, die mir diese kalte und herzlose Welt auflegt. Dieses Gefühl, austauschbar zu sein, durchlöchert mein Herz und meine reine Seele. Die Art und Weise, wie mich Menschen behandeln, lässt mich glauben, nichts Einzigartiges an mir selbst zu haben. Die Tränen vermehren sich und plötzlich ergießt sich ein Meer meine Wangen hinunter. Geprägt von höllischen Schmerzen tief in der Brust, greife ich zur Rasierklinge. Bilder schießen durch meinen Kopf, den Arm und die Rasierklinge voller Blut. »Ja«, rede ich mir ein. Das ist meine Erlösung und plötzlich höre ich eine Stimme. Eine Stimme, die aus dem Himmel direkt in meine Seele schießt. »Ich bin ein wundervoller Mensch, der Liebe und Respekt verdient hat. Ich bin liebevoll, ich bin sensibel, ich bin wundervoll. Alles, was mich zu der Person macht, die ich bin, kann niemals ersetzt werden. Ich bin einzigartig. Ich denke viel, ich denke anders, ich suche durch jede Kurve und Kante hoch und runter, ich suche die Enden dieser Erde und stelle fest, dass ich einen Menschen wie mich nicht finden kann. Ich liebe mich selbst, schätze mein Herz, vergebe mir und all denen, die mein reines Herz nicht zu schätzen wissen, denn nur ich selbst weiß, in den tiefsten Winkeln dieser Welt werde ich niemals ein anderes Ich finden. Irgendwann ist jeder Schmerz vergangen und mein Herz wieder ganz.«

Welche Gedanken schießen dir durch den Kopf, wenn du am Verzweifeln bist?

_____

_____

_____

_____

_____

_____

_____

_____

_____

_____

_____

_____

_____

_____

_____

Welche Eigenschaften machen dich besonders?

Was du über mich weißt.

Für dich bin ich tapfer. Wahrscheinlich der Tapferste. Du weißt, dass ich jeden Kampf annehme. Dass ich in die Schlacht ziehe und wie ein Märtyrer die Mission annehme. Du weißt auch genau, warum ich für mich alleine kämpfe. Warum ich für Außenstehende der glückliche Mensch bin, der, bei dem alles in Ordnung ist, und der, dem es scheinbar so blendend geht. Nur du weißt, dass ich so viel fühle, so viele Emotionen in mir habe, aber ich weine nur in meinen eigenen vier Wänden. Nur du weißt, dass ich zerbrechlich wie Porzellan bin. Nur du kennst diesen einen Kampf, den ich gegen mich selber führe. Nur du kennst meine Schwachpunkte, meine Wunden und Narben. Nur du weißt, warum ich alles vor der Welt verberge. Nur du weißt, warum mein Kopfkissen morgens voller Tränen ist. Nur du weißt, was ich, meine Seele, meine Psyche durchmachen und nur ich weiß, dass du mir helfen wirst, wenn ich dich brauche.

Gibt es einen Menschen in deinem Leben, der dich so gut kennt?

_____

_____

_____

_____

_____

_____

_____

_____

_____

_____

_____

_____

_____

_____

_____

_____

Ich bereue nichts.

Es ist Freitagabend, ich sitze alleine auf meiner Couch, der Fernseher ist aus, ich blicke auf die Wände und lächle in die Stille hinein. Ich spüre meinen Puls, denke zu viel nach über Träume, die ich einmal hatte, mit dir. Sie zerplatzten wie Kaugummiblasen, als du von mir gingst. Es kommt einiges hoch in meiner düsteren Gedankenwelt. Manche Gedanken rücke ich näher, an die erste Reihe, weil ich mir diese Erinnerungen gerne vor Augen halte, andere schiebe ich lieber ganz nach hinten, weil ich sie nicht so gerne sehe. Da ist das »O Gott, wie konnte ich bloß dieser Person so viel Macht geben, mein Herz aus meiner Brust zu reißen, das hätte ich doch von vornherein erahnen müssen«. Das sind die Gedanken, die sich in meinem Kopf abspielen, die ich lieber nach hinten schiebe. In diesen Momenten bereue ich viel lieber, als die Altlasten loszulassen. Ein Neuanfang, eine Veränderung machen mir Angst. »Loslassen« stellt sich als Kraftakt für mich heraus.

Dabei vergesse ich oft, dass es meine Entscheidungen waren – die guten und die schlechten, die aus mir den Menschen gemacht haben, der ich jetzt bin. Die Entscheidungen aus meiner Vergangenheit können gänzlich gar nicht falsch gewesen sein, wenn sie sich damals richtig angefühlt haben, sonst hätte ich sie womöglich gar nicht erst getroffen. Mir wird bewusst, dass Reue überhaupt erst durch gelebtes Leben entstehen kann und wenn ich mich nicht vom Fleck bewegt hätte, würde ich letzten Endes auch nicht vorankommen. Andere Gedanken, die ich in die erste Reihe lege, sind von Positivität und Liebe umhüllt. Erinnerungen, die einen Sonnenschein in mein Leben gebracht haben. Ein Mensch, der mich weiser und stärker gemacht hat, der mir gezeigt hat, wie man die Welt mit anderen Augen, aus einer anderen Perspektive sehen kann. Du hast Farbe in mein graues Leben gebracht, hast mir erlaubt, auf verschiedene Weise zu wachsen. Auch wenn es heute keinen Platz für mich in deinem Leben gibt, du warst eines der besten Dinge, die mir je passiert sind. Dafür werde ich dir immer dankbar sein.

Gibt es etwas, das du bereust?

_____

_____

_____

_____

_____

_____

_____

_____

_____

_____

_____

_____

_____

_____

_____

_____

Brief an mich selbst.

Liebes Ich,

es tut mir leid, dass ich es zugelassen habe, dass du andere Seelen repariert hast, während deine Seele am Verbluten war. Es tut mir leid, dass ich dir Werkzeuge in die Hand gedrückt habe, nur damit du andere reparierst, obwohl deine Hände zitterten. Es tut mir leid, dass ich dich immer unter Druck gesetzt habe, dir nicht genug Zeit zum Heilen gegeben habe. Es tut mir leid, dass ich deine offenen Wunden nie versiegelt habe. Es tut mir leid, dass ich dir gesagt habe, dass du erst die Wunden der anderen versiegeln musst, bevor du deine eigene versiegelst. Es tut mir leid, dass ich es zugelassen habe, dass dein Umfeld dir einredet, dass du ein Niemand bist. Es tut mir leid, dass ich dich an den Tagen, an denen ein Lächeln wehtat, gezwungen habe zu lächeln, nur damit alle glauben, du wärst glücklich. Es tut mir leid, dass du all deine Zeit und

Mühe den Menschen gewidmet hast, die dir niemals etwas zurückgegeben haben. Es tut mir leid, dass ich dich nachts nicht einschlafen lassen habe, weil du vor deinen eigenen Tränen fast ertrunken bist. Es tut mir leid, dass ich dich für alles verurteilt habe. Es tut mir leid, dass ich dir so oft wehgetan habe. Es tut mir leid, dass ich den Schmerz in deiner Brust verdrängt habe, anstatt ihn zu bekämpfen. Es tut mir leid, dass ich es zugelassen habe, dass die Menschen ohne Träume dir eingeredet haben, dass du deine Träume nie erreichen wirst. Es tut mir leid, dass ich die Menschen so nah an dich rangelassen habe, die sich nie die Mühe gegeben haben, dich zu verstehen und mir tut es so leid, dass ich dich nicht so geliebt habe, wie du es verdient hast, geliebt zu werden. Ich hoffe, du wirst mir verzeihen …

In Liebe

dein Ich

Schreibe einen Brief an dich selbst.

Du kennst mich nicht.

Sag nie wieder, du würdest mich kennen, wenn du
meine Geschichte nicht kennst. Wenn du meinen
Schmerz nicht verstehst, meine Emotionen so rätsel-
haft für dich erscheinen. Ich habe dir erzählt, was ich
gemacht habe, doch nicht was ich im Leben durchgemacht habe. Du hast mein wunderschönes Lächeln
gesehen, doch hast nie verstanden, wie viel Leid da-
hintersteckt. Sag nie wieder, du würdest mich kennen,
wenn du meine Panikattacken nicht verstehst, wenn
du nichts von meinen inneren Kämpfen weißt, von
den Dämonen, von dem Verfolgungswahn. Im Grunde
genommen weißt du gar nichts über mich und doch
tust du so, als wüsstest du, wer ich bin.

Falsche Liebe.

Hör auf, an die Ausreden zu glauben. Hör auf, an die Versprechen zu glauben. Glaube nicht an die Lügen, die aus ihrem giftigen Mund kommen. Menschen ändern sich nicht über Nacht und auch nicht in einer Woche. Menschen ändern sich nicht nach einem Streit, so wie sie es immer versprechen. Menschen ändern sich auch nicht nach einer Entschuldigung. Menschen ändern sich nicht so, das sollte dir bewusst sein. Das heißt also, wenn du die Menschen immer wieder zurücknimmst und es den Menschen immer wieder leicht machst, zurückkehren zu können, ohne dass sie sich ändern, wachsen oder verstehen, was sie getan haben, dann sorgst du dafür, dass sich alles wiederholen wird.

Du sorgst dafür, dass jedes Mal ein Körnchen Salz in deine offene Wunde geworfen wird. Viele Menschen können gut mit Worten umgehen. Sie werden dafür sorgen, dass du ihren Worten glaubst. Du wirst so verblendet sein, dass du die giftige Zunge nicht mehr sehen wirst. Du wirst die falschen Taten ignorieren. Du wirst anfangen ihren Worten Glauben zu schenken statt ihren Taten. Du verdienst keinen Menschen, der dir deine Lebenszeit raubt. Du verdienst einen Menschen, der dich nicht anlügt, der dich nicht bescheißen will. Du verdienst jemanden, der seinem Wort treu bleibt, und jemanden, der bereit ist, dein gebrochenes Herz wieder aufzubauen, jemanden, der dein Königreich nicht fallen lässt.

Die Liebe 1.

Du hast recht, ich habe ihn sehr geliebt und ich werde ihn immer lieben. Liebe ist bedingungslos, Liebe ist ehrlich und sie ist selbstlos. Liebe ist etwas, was oft falsch vermittelt wird. Liebe bedeutet zu akzeptieren und anzunehmen. Liebe schlägt ein wie ein Blitz: unvorhersehbar. Unabhängig von meinen Ängsten und Wünschen strahlt die Liebe genau wie die Sonne. Liebe droht nicht zurückzuschlagen, wenn sie nicht bekommt, was sie will. Liebe lässt Raum für Wut, Trauer oder Schmerz. Die Liebe sagt nicht: »Versprich mir, dass du mich niemals verlassen wirst«, oder: »Tu, was ich will, wenn du geliebt werden willst.« Liebe ist mitfühlend und einfühlsam. All das habe ich in meiner vergangenen Beziehung nicht gesehen und gefühlt, trotzdem liebe ich diesen Mann, ganz gleich was er mir angetan hat. Er ist ein armer, liebesbedürftiger Mensch. Ich liebe ihn so sehr, dass ich ihm trotz meines ganzen Leidens von Herzen alles Gute wünsche.

Ich wünsche ihm, dass er aufwacht, dass er es schafft, seinen Groll gegen sich und die Menschheit abzulegen, dass er es schafft, glücklich zu werden. Liebe heißt nicht immer jemand bei sich haben zu wollen. Und obwohl ich ihn liebe, möchte ich ihn nicht mehr an meiner Seite haben, ich möchte auch keinen unnötigen Kontakt mehr zu ihm. Ich möchte ihn nicht mehr sehen. Ich habe angenommen und akzeptiert. Ich habe vergeben, doch niemals vergessen.

Die Liebe 2.

Du wirst viele Menschen in deinem Leben kennenlernen und du wirst merken, dass lieben nicht immer
einfach ist. Lieben bedeutet nicht immer, morgens mit
der Person aufzuwachen, die du vor zwei Monaten auf
einer Party kennengelernt hast. Dieser Mensch sieht
morgens nicht so aus, wie du ihn kennengelernt hast.
Lieben bedeutet nicht, jeden Tag einen Kuss auf die
Stirn zu bekommen und motiviert aus dem Bett raus-
zuschlüpfen, um das Frühstück vorzubereiten. Lieben
ist nicht immer sanft und auch wirst du nicht ständig
lächeln und lachen. Du wirst nicht immer leichte Tage
haben. Lieben ist viel mehr als nur das. Lieben ist der
Kampf, sich zusammenzuhalten, wenn man zuschaut,
wie der andere am Auseinanderfallen ist.

Die Liebe 3.

Es ist einfach. Glaub mir, es ist so einfach zu verstehen. Je intensiver du liebst, desto größer ist deine Fürsorge, deine Bereitschaft, etwas für diesen Menschen zu tun. Je mehr du liebst, desto härter wirst du für diese Person kämpfen. Doch vergiss nicht, mit der steigenden Liebe steigt auch der Schmerz, wenn die Liebe einseitig ist, wenn die Liebe zum Scheitern verurteilt ist, aber das sollte dich niemals aufhalten. Hör niemals auf an etwas zu glauben, an die Liebe zu glauben, an die guten Menschen zu glauben. Vergiss niemals, wer du bist, wo du herkommst und verbiege dich niemals für einen Menschen. Deine Prinzipien müssen an vorderster Stelle stehen und wer deine Prinzipien nicht versteht, hat keinen Platz in deinem Leben. Beziehungen sind wie Musik und du solltest niemals Musik mit jemandem machen, der deine Texte nicht versteht und nicht schätzt.

Was bedeutet Liebe für dich?

Der Weg zu dir.

Als ich sie endlich fand, fragte sie mich, wo ich die ganze Zeit gewesen war. Ich habe mich verlaufen, ich bin innerlich gestorben, ich war kraftlos, ich musste lernen meinen Weg allein zu gehen, mir wurden Messer in den Rücken gestochen, die Klingen stecken immer noch tief in meiner Haut, ich bin fast verblutet, meine Blutbahn wurde vergiftet und ich wurde ausgelacht, weil ich so große Träume habe, sagte ich und ich musste den langen, steinigen, einsamen Weg nach Hause nehmen und jetzt bin ich hier, voller Narben und einer Geschichte, die mich zu dem Menschen gemacht hat, der ich heute bin.

Gelogen.

Wenn du glaubst, ich habe dir ständig die Wahrheit gesagt, dann muss ich dich leider enttäuschen. Ich habe gelogen, ständig gelogen und gesagt, ich sei zu beschäftigt, zu beschäftigt für andere Dinge in meinem Leben, für Dinge, die die meisten Menschen nicht verstehen, für Dinge, die für mich noch wichtiger waren, als du es warst. Ich war beschäftigt damit, tiefer zu atmen, die Tränen in meinem Gesicht abzuwischen, kranke und negative Gedanken zum Schweigen zu bringen. Ich war damit beschäftigt, mein rasendes Herz zu beruhigen, meine Wut unter Kontrolle zu bekommen. Ich war damit beschäftigt, den Sinn meines Lebens zu suchen, mein Handy wegzulegen und einfach nur zu sein. Ich war damit beschäftigt, meinen Herzschlag zu spüren, mich zu spüren, und am Ende war ich damit beschäftigt, mir zu sagen, dass es mir gut geht.

Hast du schon mal einen geliebten Menschen belogen?

ja	nein

Wenn du diese Frage mit Ja beantwortet hast, was hat dich dazu gebracht?

_____

_____

_____

_____

_____

_____

_____

_____

_____

_____

_____

Eines Tages. Vielleicht.

Vielleicht treffe ich dich eines Tages wieder. Vielleicht werden wir eines Tages bereit sein. Vielleicht werden wir unsere Vergangenheit hinter uns lassen und gemeinsam nach vorne schauen. Wir werden zwei Menschen sein, die nicht dort anfangen, wo sie aufgehört haben, denn wir haben im Streit aufgehört und Streitereien haben in meinem Leben keinen Platz mehr. Vielleicht werden wir es schaffen, ein neues Kapitel zu öffnen und wir werden glücklich sein. Vielleicht lächle ich dich eines Tages im Regen irgendwo auf der anderen Straßenseite von weitem an und du lächelst zurück. Vielleicht rennen wir auf uns zu und umarmen uns mitten auf der Straße. Vielleicht werden wir gemeinsam alt und wir schenken uns eine kleine Ewigkeit. Vielleicht denken wir nicht mehr an die Geschichten, die wir hätten erzählen können, vielleicht schreiben wir eine gemeinsame Geschichte. Vielleicht liegen wir eines Tages auf einer Wiese, pflücken Gänseblümchen und philosophieren über diese Welt. Vielleicht werden wir eines Tages unsere eigenen Kinder haben. Vielleicht werden wir nicht mehr schweigen, wir werden keine Zeit mehr finden, weil wir so vieles sagen werden. Vielleicht werden wir einfach gerne nach einer langen Reise nach Hause zurückkehren. Als würde man seinen besten Freund zum ersten Mal seit langer Zeit wiedersehen, nachdem man eine lange Zeit getrennt war. Vielleicht werden wir eines Tages mehr wissen, wir werden fühlen und dieses Mal werden wir gut genug sein, damit es funktioniert. Gut genug, um zu bleiben.

Ich finde mich selbst.

4.30 Uhr. Mein Wecker klingelt. Ich öffne meine Augen, es ist Montagmorgen. Mir ist nicht nach Aufstehen. Ich greife nach meinem Handy, Schlummerfunktion aktiv. Ich bleibe noch fünf Minuten liegen. Mein Wecker klingelt nochmal. Jetzt aber. Nein, noch fünf Minuten. Nochmal das ganze Spiel. Nur noch fünf Minuten. Schlummerfunktion aktiv. Mein Wecker klingelt. Jetzt muss ich, sonst komme ich zu spät zur Arbeit. Ich stehe langsam auf, gehe ins Bad. Zähne putzen, Gesicht waschen, aufs Klo gehen, anziehen und fertig. Schnell in die Küche, ein Glas Wasser trinken, Tasche mitnehmen und aus dem Haus gehen.

So wie jeden Tag muss ich mich beeilen, um rechtzeitig bei der Arbeit zu sein. Im Auto angekommen, schießen die ersten Gedanken durch meinen Kopf. Warum tue ich das? Für den Mercedes, mit dem ich zur Arbeit fahre, wo ich eigentlich nicht sein möchte? Ich beruhige mich. Ich komme pünktlich an. Mein erster

Kaffee und die erste Zigarette heute. Es ist 5.30 Uhr. Und wieder schießen Gedanken kreuz und quer durch meinen Kopf. Ein Chaos entsteht. All diese hoffnungslosen Gesichter, meine Kollegen, die nicht ansprechbar sind. Ich versuche mich zu beherrschen. Es ist 6.00 Uhr. Die Arbeit beginnt. So wie jeden Tag habe ich meinen festen Arbeitsplatz. Ist das menschlich, jeden Tag dasselbe zu tun? Nein, es fühlt sich nicht gut an. Das kann nicht menschlich sein. Überall Roboter und Maschinen. Bin ich auch ein Roboter? Ich berühre mich, spüre meine Hand. Nein, ich fühle, ich bin ein Mensch. Ich schaue mich um. Die Kollegen sind da, an ihrem Arbeitsplatz. Alle sind gleich wie jeden Tag. Alles farblos. So laut. Sind die Menschen glücklich? Nein, wohl eher nicht. Kein Lächeln, keine positive Mimik. Alles so wie immer? Alles? Nein, irgendetwas ist anders. Mein Umfeld? Mein Arbeitsplatz? Nein, es ist mein Kopf. Meine Gedanken sind heute so anders. Ich bin beschäftigt. Acht Stunden. Jeden Tag. Heute ist der Zeitpunkt. Ich denke zu viel nach. Über mich, über das Leben. Über den Sinn des Lebens. Ich muss zu mir finden. Es ist 9.00

Uhr. Pause. Mein Kopf brummt. So halte ich das nicht mehr länger aus. Ich muss nach Hause. Ein Gespräch mit meinem Vorgesetzten. Ich darf gehen. Die Fahrt nach Hause. Ich werde emotional. Zu Hause angekommen, lege ich mich hin. Ich brauche Energie. Ich muss meine Akkus wieder aufladen. Ich schlafe ein. Es ist 13.00 Uhr. Genug. Ich stehe auf, möchte etwas tun. Ich möchte mich selbst finden, also was muss ich tun? Ich lese. Zehn Seiten. So wird das nichts. Ich möchte mich selbst finden und erinnere mich an die weisen Worte eines Freundes. »Wenn du dich selbst finden willst, musst du anhalten.« Ich muss aufhören mit dem Beschäftigtsein, mit der ständigen Ablenkung von mir selbst. Ich setze mich auf meinen Stuhl. Nein, ich gehe laufen. Ohne Musik. Ohne Handy. Ohne Ablenkung. Nur ich und die Natur. Ich bin im Wald. Überall wunderschöne Bäume. Ich sehe eine Sitzbank. Laufe hin. Setze mich hin und tue nichts. Ich konfrontiere mich mit mir selbst. Es ist ungewohnt und unangenehm. Bisher war ich erfolgreich von mir abgelenkt. In der Stille, ohne Ablenkung, nehme ich mich selbst wahr.

Gedanken schießen durch meinen Kopf. Meine Gedanken halten mich beschäftigt. Sie berieseln mich wie die Musik oder die Filme. Ich muss aus dem Schlaf des Denkens aufwachen. Ich möchte wahrnehmen. Mich. Meinen Atem. Meinen Herzschlag. Ich bewerte nichts. Ich nehme wahr. Ich möchte flüchten. Es ist anstrengend, nur wovor möchte ich flüchten? Vor mir, das weiß ich. Es ist unangenehm. Wie hätte das alles angenehm sein können, wenn ich überall alles wahrgenommen habe, nur mich nicht. Ich bleibe stark und bleibe da. Bei mir. Mich zu finden ist kein Prozess, der von heute auf morgen geschieht. Es ist ein Weg. Ein steiniger Weg mit mir. Das weiß ich. Drei Stunden sind vergangen. Es ist 16.30 Uhr. Ich laufe zurück, schreibe alles auf. Ich möchte unabhängiger werden. Selbstständiger werden. Was brauche ich dafür? Geld? Einen Traumjob? Ein neues Auto? Nein. Ich ändere meine Denkweise. Meinen Fokus. Ich lenke meinen Fokus nach innen, nicht nach außen.
Ich möchte mitten in mein Inneres. Mitten in die Farben. Mitten in meine Welt.

Wenn du einen Wunsch frei hättest, welcher wäre das?

_____

_____

_____

_____

_____

_____

_____

_____

_____

_____

_____

_____

_____

_____

_____

Ein Jahr, das mein Leben veränderte.

Und er begann: »Einmal, vor langer Zeit, als das Träumen und das Wünschen noch real waren, lebte ein junger Mann in einem Land voller unbegrenzter Möglichkeiten. An manchen Tagen herrschten traumhafte Wetterbedingungen und manchmal herrschten dort stiller, scharfer Frost und eine zu Eis erstarrte Oberfläche. Menschen lachten, redeten miteinander und manchmal, an besonders schönen Tagen, lächelten sich Menschen an. Es war eine emotionale, herzzerreißende Geschichte und mit jeder Erinnerung daran löste es eine Flut von Tränen aus, die sich ihm über die Wangen ergossen. Er konnte nicht viel tun, um das jetzige Geschehen zu ändern, aber er konnte weiter Menschen aufklären, hoffen und beten. Dieser junge Mann war fröhlich, offen und empfing jeden Menschen mit einem breiten Lächeln und strahlenden Augen. Das war so gewesen, als die Menschen das Lächeln der anderen sehen konnten. Als die Menschen anderen mit Würde begegneten, andere als Lebewesen sahen und nicht als Virenschleuder. Auch die wärmende Sonne konnte das Land und die ganze Welt in Geborgenheit umhüllen. Das war so gewesen im Jahr 2019. Seitdem hatte sich viel verändert. Es legten sich wilde Rosen um die Menschen. Deren Dornen stachen jeden, der versuchte ihnen zu nahe zu kommen, und letztendlich verletzten sie auch jeden selbst. »Bloß keine Menschen in meiner Nähe, sie könnten mich infizieren, waren die neuen Gedanken und eine Normalität der Menschen im Jahr 2020.« Und plötzlich brach Kälte über das Land und über die Herzen der Menschen aus. Alles drehte sich um Hygiene, um Abstand und um Lappen, die man sich vor das Gesicht warf. Ein ganzes Volk wurde in Watte gepackt, das Immunsystem wurde in Rente geschickt und Kinder wurden isoliert, doch gerade in jungen Jahren muss der Körper viele Infektionen durchmachen, damit er ein Immunsystem aufbauen kann. Nur nicht krank werden, jeder kleinste Schnupfen ist verdächtig und kann mit einer Quarantäne bestraft werden, der ganz normale Wahnsinn. So war es gewesen, im Jahr 2020. Und so war es immer derselbe Traum, wenn er schlief. Ein Traum voller Liebe, Hoffnung und Menschlichkeit. Er wollte nur seine innere Welt sehen, die Welt seiner positiven Gedanken. Um tief in sein Inneres zu sehen, musste er seine Augen vor der äußeren Welt schließen, die er tagsüber verdrängen musste. Schweißgebadet, in einem Zustand zwischen Schlafen und Wachen, lag er in seinem Bett. Alles, was er sehen konnte, war das Bild der Gesichter der Menschen. So hoffnungslos, so emotionslos, so roboterhaft. Er wollte aufstehen, wollte reparieren, was kaputtgegangen war, wollte die Welt mit Liebe und mit Menschlichkeit füllen, aber er war wie gelähmt und sosehr er sich bemühte, konnte er die Menschen nicht erreichen. Mit Tränen in den Augen wachte er auf, blickte durch das Fenster und wusste, dass alles nur ein Traum war. Die Welt voller Liebe war von nun an eine Illusion. Er ging zurück, auf sein Bett, berührte mit tausenden Tränen in den Augen sanft sein Kopfkissen. Er träumte davon, wie er segelte, wie ein Herbstblatt im Wind. Er hoffte weiter *auf das Magische, hoffte weiter auf das Erwachen der Menschheit. Er war so depressiv, verweigerte jeglichen Konsum einer digitalen Welt, verweigerte die Übernahme der Algorithmen und das Arbeiten von einer KI, die die Menschheit übernehmen würde. Egal wie viele Menschen in seinem Umfeld waren, er begann zu grübeln, hatte das Gefühl, dass irgendetwas in seinem Leben fehlt. Keine Maschine und kein materielles Gut konnten dieses Gefühl befriedigen. Er begann den Sinn des Lebens zu suchen.*

Hat sich deine Lebensweise durch Corona verändert?

ja	nein

Wenn du diese Frage mit Ja beantwortet hast, inwiefern?

_____

_____

_____

_____

_____

_____

_____

_____

_____

_____

_____

_____

Meine kurze Geschichte.

Ich bin der Erdem und wir schreiben jetzt das Jahr 2021. Ich bin in normalen, bürgerlichen Verhältnissen geboren, als Sohn eines einfachen Gastarbeiters, der wie die meisten Menschen ein durchschnittliches Leben führte. Schlafen, arbeiten gehen, heiraten, eine Familie gründen, Geld zur Seite legen und sich von den Mainstreammedien berieseln lassen, ohne das System zu hinterfragen oder den Wunsch, mehr aus seinem Leben zu machen. Ich habe meine Fachhochschulreife und danach eine Ausbildung als Kfz-Mechatroniker gemacht, da es zu dieser Zeit »in« war. Bereits während der Ausbildung begann ich das System zu hinterfragen und versuchte kurzzeitig durch ein Studium mehr zu erreichen. Bis ich auch hier erkannte, dass das nur ein weiterer Weg ist, im Käfig des Systems aufzusteigen. Ich hatte die Nase voll von Vorgaben, Anweisungen und einer ungesunden Hierarchie. Ich habe das vorherige Jahr mehr oder weniger überlebt, trotz des ganzen Medienspektakels über ein so tödliches Virus, das, wenn sich die Menschen nicht an die Maßnahmen der Regierungen halten, nicht zu überleben ist, wie der Schnee, der bei zu warmen Temperaturen wegschmilzt. Überall sterben Menschen, Leichen stapeln sich – eine Angstpropaganda überzog die Welt.

In dieser Zeit begannen eine Depression und eine unerträgliche Schwere mein Leben zu überziehen. Ich war nicht mehr der positiv gestimmte Mensch, der ich früher einmal war. Eine Unruhe kam plötzlich über die Menschheit. Die einen, die den Regierungen Glauben schenkten und keine dieser Maßnahmen hinterfragten, und die anderen, die alles hinterfragten, sich alternativ Informationen holten. Die eigentliche große Veränderung in meinem Leben begann ab hier. Genau wie das nicht das Ende der Welt sein wird, wird auch dies nicht mein letztes Buch sein.